對類卷之十三

○珍寶門

一字 實字

○金玉第一

平 金 黃金 銀 白金 銅 赤金 鉛 青金 瓊 赤玉 瑤 瓊瑤 璁 石似玉

琚 瓊琚 珩 珮玉 璆 琳 琅 並美玉 瓔 石似玉 珂 石次玉

圭 上圓下方 璋 半圭 璜 半璧 瑄 璧大六寸 琮 琮玉 珍 珍寶 琛 寶物

珠 寶珠 璣 珠不圓 玭 蠙珠 瑰 圓珠 錢 財也 泉 錢別名 蚨 青蚨錢也

珉 石似玉 鏐 金之美者 瑜 玉無瑕

仄 玉 白玉 璧 圓玉 琥 瑞玉 璞 玉在石中 瑴 二玉相合 玖 石次玉 碔 碔砆

錫 鉛錫 鑞 錫鑞 寶 財寶 貨 貨財 鏹 財也 翠 翠鳥羽 鐵 黑金

貝 寶玉 楮 楮幣

○良美第二

虛字 死

平 良 佳美 精 精純 堅 堅剛 溫 溫潤 珍 珍奇 奇 奇異 圓 團圓

瑕 玉疵 明 光明 剛 剛勁 柔 柔軟 真 不假也 純 純美

仄 美 純粹 潤 潤澤 澤 光澤 粹 粹美 重 珍重 瑩 瑩潔 碎 細碎

潔 潔淨 艷 艷麗 異 奇異 細 細碎 貴 不賤也 璞 玉素也 大

○淘琢第三

虛字 活

平 淘 淘沙見金 雕 雕琢 鐫 鐫刻 懷 懷金 儲 儲藏 堆 堆積 鎔 鎔鑄

粧 粧金 穿 穿珠 磋 磋玉 磨 琢磨 銷 銷金 流 敲

搖 鳴

仄 琢 琢玉 採 採玉 鍊 煅鍊 鑄 冶鑄 戛 戛擊 佩 佩帶 綴 綴玉

買 削 琢削 積 堆積 擲 拋擲 鏤 鏤金 疊 積疊 貫 貫穿

串(串珠) 韞(藏也) 毀(壞也) 切(刀切) 合(相合) 錯(鑢也) 冶(鑄也)

【二字】

。金珠璧玉第四 【並實】

【平】金珠 金銀 珠璣 珠珍 瓊瑶 瓊瑰 瓊琚 圭璋

金繒 鉛銅 金璋 金刀 錐刀 珠犀

【上仄】璧琮(蒼璧黃琮) 貨泉 貨財 布泉 寶財

【仄】璧玉 寶玉 寶貝 寶貨 玉帛 幣帛 玉幣 玉石

錦綺 錦繡 鐵石

【上平】圭璧 金璧 金玉 珠玉 金寶 珍寶 金翠 珠翠

金帛 金石 圭幣 財幣 皮幣 錢幣 錢楮 錢穀

刀布(金刀泉布) 脂粉 瓊玖 銅錫 銅鐵 錢布

。琉璃琥珀第五 【並實】

【平】琉璃 玻瓈 璵璠 珊瑚 琅玕 玫瑰 車渠 臙脂

球琳 璠璵

【上仄】象牙 水晶(水玉也) 水銀 水沉 夜光(珠)

【仄】琥珀 碼碯 翡翠 玳瑁 琬琰

【上平】雲母 犀角

。良金美玉第六 【上虛】死 【下實】

【平】良金 精金(精金百煉) 純金 渾金 真金 真珠 明珠

圓珠 還珠 遺珠 奇珍 元圭

【上仄】碎金 鈍金 薄金 碎瓊 大珠 小珠 瑩珠 碎珠

好珠 大圭(大圭不琢) 至珍 異珍 碎銀 好金

【仄】美玉 粹玉 大玉 碎玉 重寶 至寶 大寶 異寶

潔玉 重璧 碎璧 美璞

【上平】良玉 純玉 溫玉 明玉 奇玉 圓璧 全璧 奇璞

良璞 真寶 新翠 嘉玉 渾璞 瑕璧

○團珠片玉第七 【上虛 下實】死

【平】團珠 團金 兼金 壼金 團瓊

【仄平】片金 寸金 顆珠 鋌金 塊金

【仄】片玉 積玉 塊玉 寸玉 片璧 尺璧 寸璧

【平仄】叢玉 團玉 團璧

○珠圓玉潔第八 【上實 下虛】死

【平】珠圓 珠明 珠繁 金精 金純 金渾 金堅 金良

金剛 金柔

【仄平】玉溫 璧圓 錦鮮 翠鮮 翠深 楮輕

【仄】玉潔 玉粹 玉潤 玉美 玉瑩 玉碎 錦麗 翠艷

翠耀 玉澤 璧重 寶重

【平仄】珠細 珠瑩 珠潔 珠賤 金重 金粹 金鈍

○珠連璧合第九 【上實 下虛】活

【平】珠連 珠流 珠垂 珠跳 金堆 金鎔 金鋪 金流

金生 銀銷 瓊鋪 瓊堆 錢流 錢飛 脂凝 酥凝

珍儲

【仄平】玉堆 玉鋪 玉藏 玉粧 玉成 翠鋪 錦鋪 錦堆

【仄】璧合 玉積 玉綴 玉琢 玉剪 玉刻 玉映 玉振

玉錯 玉立 蠙綴 翠積 粉傅 鐵鑄 貨聚

【平仄】珠綴 珠走 珠串 珠貫 銅鑄 金綴 酥滴

○敲金戞玉第十 【上虛 下實】活

【平】敲金 鎔金 銷金 鋪金 堆金 垂金 腰金 辭金

懷金 償金 揮金 誣金 鏗金 持金 求金 遺金

還金 穿金 聯金 穿珠 垂珠 連珠 投珠 求珠
聯珠 還珠 流珠 懷珍 纍絲 鋪鉛 飛瓊 堆瓊
〔上去〕鑄金 鍊金 揀金 擲金 買金 餽金 遺金 受金
斷金 攫金 錫圭 貢金 見金 冶金 貫金 串金
綴珠 採珠 弄珠 泣珠 毀珠 奉璋 弄璋 貢琛
獻琛 奉珍 報瓊 佩琚 綰銅 冶銀 却金
〔仄〕戛玉 振玉 琢玉 愛玉 治玉 切玉 泣玉 獻玉
抱玉 種玉 積玉 執玉 韞玉 受玉 毀玉 佩玉
捧玉 碎玉 獻璧 獻璞 抱璞 織錦 濯錦 受寶
反璧左傳公子受飧反璧 遺寶 合璧 積翠 點翠 綴蠟 傳粉
〔上平〕鳴玉 分玉 懷玉 推玉 裁玉 鋪玉 攻玉 磨玉
懷瑾屈原懷瑾握瑜 歸璧 全璧 辭璧 懷璧 投璧

還璧 沉璧 懷寶 鋪翠 堆粉

。連星積雪十一 〔上虛〕活〔下實〕

〔天文〕〔平〕連星珠 凝煙 鋪霜 鋪霞 舒霞
〔仄〕積雪 剪雪 綴露
〔上平〕堆雪 鋪雪玉 繅雪絲

。藏川韞石十二 〔上虛〕活〔下實〕

〔地理〕〔平〕藏川 藏淵 沉淵 生淵 生川珠並 藏沙金 藏山玉 披沙
沉河 投河璧 藏林金
〔上去〕在沙 在泥 在鎔金並 媚川珠 在山玉 積山錢
〔仄〕韞石 待價玉並 出海 吐澤 委地珠並 就礪 在礦 躍冶
擲地 布地金並 假道 出澤銅 滿地錢 刻楮玉
〔上平〕生水金 藏澤珠 流地錢

器用 ○流盤韜匵十三 上虛 活 下實

平 流盤（珠） 鳴機 連城

上仄 滿籯（金） 照車 走盤 滿盤（並珠）

仄 韜匵 毀櫝 作器（並玉） 照乘（珠） 朽貫（錢） 潤屋

上平 垂棘（璧） 從乘 兼乘（金） 清席 成器（玉）

人物 ○隋珠趙璧十四 並實

平 隋珠 梁珠 韋金 周圭 湯球 燕珉 商金

上仄 鄧銅 禹圭 楚鈽 說金 向金 魯璵 魯璠 舜璣

越魚

仄 趙璧 卞玉 舜鼎 漢璽 魯璞 楚瑾 藺璧 禹錯

上平 燕璞 荊璞 和璧 夏璧 秦璽 周寶 周鼎

○公主士寶十五 並實

平 公主 侯圭 王圭 鑾琛 夷琛

上仄 相金 國珍

仄 士寶 國寶 帝璽 女玉

上平 御璧 男璧 儒寶 夷貝 賓幣

聲色 ○金聲玉色十六 上實 上半實

平 金聲 金容 金相 金光 銀光 珠光 瑤華 鉛華

脂容

上仄 玉聲 玉容 玉華 玉光 玉輝 玉音 寶光 璧瑕

翠容 粉容

仄 玉色 玉彩 玉性 玉質 玉韻 粉色 寶氣 寶餤

寶艷 蠟色 翠色 錦彩

上平 金色 珠彩 珠顆 脂色 金氣

○黃金白玉十七　上平虛　下實

平　黃金　青銅　青錢　青圭　丹砂　黃琮

上仄　白金　紫金　赤金　白銀　白珠　白圭　素瓊　素珠

仄　白玉　碧玉　紫玉　綠玉　翠玉　白璧　白璐

上平　青璧　蒼玉　青玉　紅玉　蒼璧　黃璧

○金黃玉白十八　上實　下平虛

平　金黃　珠黃　珠紅　銅青　銀青　錢青

上仄　玉青　翠青　璧蒼

仄　玉白　玉碧　玉紫　璧白

上平　瓊素　瑤素　珠白　金素　銀白

數目

○千金萬寶十九　上虛　死　下實

平　千金　雙金　千珍　千錢　雙珠

上仄　萬金　衆珍　百錢　萬錢　寸金　百金漢文帝百金之惜

一珠　寸珠　一錢劉寵一錢太守

仄　萬寶　衆寶　百寶杜百寶粧腰帶　片玉　寸玉　五玉

五瑞　六瑞　百璧

上平　雙璧　三帛

○三銖萬鎰二十　上虛　死　下實

平　三銖錢　千機　千端並錦　千條絲

上仄　一管朓金　萬條絲　一機錦　一端綺　五銖錢

仄　萬鎰　百鎰　百鍊　一篋並金　萬顆珠　寸鋌金　一片玉　萬斛珠

上平　千斛　三品　千鎰並金

○成雙徑寸二十一　並虛　死

平　成雙璧

【上仄】積千 取千
【仄】徑寸(珠) 累百 累萬 鉅萬(並錢)
【通用】○磨成琢就二十二 【竝虛】活
【平】磨成 攻成 鎔成 鐫成 雕成 陶成 堆成 繅成
挑成 穿成
【上仄】琢成 刻成 綴成 鑄成 冶成 切成 串成 削成
【仄】琢就 琢出 刻出 鑄就 鑄出 鑄作 冶作 濯出
織就 織出 積起 串聚
【上平】穿就 鎔作 鎔就 陶就 鐫出 雕出 雕就 繅就
排出 堆起
○精磨細鍊二十三 【上虛】死 【下虛】活
【平】精磨 精鎔 精雕 橫陳 輕穿 輕繅

【上仄】細磨 密穿 巧雕 巧鎔 細磋 細裁
【仄】細鍊 巧鑄 細切 細琢 巧削 巧刻 細刻 密貫
巧織 巧綴 巧抹 細揀
【上平】精鍊 精琢 精刻 輕綴 輕抹 輕織
○陶鎔冶鑄二十四 【竝虛】活
【平】陶鎔 甄陶 磋磨 磨礱 雕鐫 坯銷 鋪粧
【上仄】剸裁
【仄】冶鑄 煅煉 鍊冶 刻琢 切琢 琢削 攧弄(韓攧弄明月珠)
點綴 貫串 織組 洗濯 戞擊
【上平】陶鑄 陶冶 鎔鍊 披揀 鐫削 雕琢 磨琢 椎琢
陶作 攻冶
【連綿】○瑰奇錯落二十五 【竝虛】死

平 瑰奇 玲瓏（並寶） 光明 光輝 光華 精純 溫良 珍奇
琮琤（並玉） 流通（錢） 熒煌 團圓 纍垂（並珠） 鏗鏘 鏗鍧 精剛
堅剛（並金）

上仄 陸離 粹純 粹溫（玉） 重輕（錢）

仄 錯落 燦爛 瑣碎（並金） 粹潤 潤澤 質璞 潔瑩（並玉） 瑩潔（珠）

上平 精美 溫潤 渾璞 鮮粹 良美（並玉） 明耀 圓潔（並珠） 流轉（錢）

疊字 ○纍纍粲粲二十六 虛 死

平 纍纍（珠） 鏘鏘 琅琅（並玉）

仄 粲粲（錦） 點點（珠）

三字 ○麗水金崑山玉二十七

平 麗水金 昆吾金 滄海珠 淮夷珠 合浦珠 西河球
清廟珍 華山金

仄 崑山玉 鍾山玉 玄圃玉 荊山璞 垂棘璧 泗濱磬
蜀江錦 藍田玉

○呈琅玕寫瑰琰二十八

平 呈琅玕 剪琉璃 貢球琳 鏤瓊瑤 報瓊琚 刻璠璵

仄 寫瑰琰 儲金璧 報瓊玖 鋪翡翠 碎琥珀

○不疑金卞和玉二十九

平 不疑金 楚襄金 楊震金 淵客珠 鍾離珠 孟嘗珠
韋賢金 劉寵錢

仄 卞和玉 雍伯玉 郤詵玉 晉人璧 文侯寶 南宮寶

○萬斛珠一雙璧三十

平 萬斛珠 萬鎰金 百鎰金 一釜金 百鍊金 三品金
六寸瑄 五銖錢

仄 一雙璧 二雙璧 萬鎰璧 六寸璧 一圜玉 千里寶

四字

○圭璋璧琮金刀寶貝三十一

平 圭璋璧琮 圭璧金章 球琳琅玕 珠玉貝龜 球琳枲絲

金珠貨泉

仄 金刀寶貝 金繒玉帛 金瑰珠礫 金錫圭璧 金玉布帛

○戛玉鏗金懷珍抱璞三十二

平 戛玉鏗金 撲玉鳴金 披沙揀金 毀玉沉珠 拖玉腰金

紆珠懷金 攀璇折瓊 貴玉賤珉

仄 懷珍抱璞 握瑜懷瑾 被褐懷玉 登金上玉 裁金簇翠

○青圭赤璋黃琮白璧三十三

平 青圭赤璋 蒼璧黃琮 白琥玄璜 璞玉渾金 美玉良金

仄 黃琮白璧 黃金白璧 黃金白玉 精金粹玉 渾金璞玉

○孟嘗還珠卞和泣玉三十四

平 孟嘗還珠 淵客泣珠 謝安碎金 周公秉珪 湯后受球

楊震辭金 仁傑遺珠

仄 卞和泣玉 郤詵片玉 相如歸璧 屈原懷瑾 范增撞玉

○如琢如磨不礲不錯三十五

平 如琢如磨 如切如磋 在鈞在鎔 非冶非坯 則瓢則坯

仄 不礲不錯 非磨非礪 非鎔非鑄 不雕不琢 未雕未琢

○璧合珠聯金聲玉振三十六

平 璧合珠聯 瑞溢珍浮 玉潤氷清 金振石調

仄 金聲玉振 金春玉應 金振石潤 珉中玉表

對類卷之十三

對類卷之十四

○飲饌門

字

○茶酒第一

平　茶（味苦春收其葉為飲）　羹（五味所和）　殽（肉有骨）　羞（食味）　粢（黍稷曰粢）　盛（黍稷在器）

醪（酒未漉）　醅（酒未清）　醝（白酒）　糟（酒滓）　醯（酸味）　虀（薑蒜為之）　饘（粥也）

糜（粥也）　粱（黃粱飯也）　鹽（鹹物）　粳（米飯）　蔬（蔬菜）　葅（菜酢）　鹺（鹽也）

酥（酥酪）　膏（脂油）　漿（酒漿）　湯（熱水）　臡（骨醢）

實字

仄　酒（麴蘖釀成）　醑（美酒）　醥（清酒）　醴（酒一宿熟）　飯（炊米為之）　粲（粲米）

粽（角黍）　餅（麪食）　肉（肉味）　膾（細切魚肉為之）　餌（餅餌）　飲（湯水）

食（飯食肉食）　膳（食味）　饌（具食）　炙（燒肉）　脯（乾肉）　腊（乾肉）　鮓（魚肉生為）

醢（肉醬）　菜（蔬也）　茗（茶也）　糗（飯也）　粥（糜也）　酪（乳漿）　醬（豆麪為之）

藥（金石草木能治病者）

○嘉旨第二

虛字　死

平　嘉（美也）　珍（珍奇）　鮮（新鮮）　肥（肥腯）　清（清潔）　醇（醇醲）　甘（甘美）

佳　腴　酸（辛酸）　甜（甘甜）　濃（酒味濃）　奇（奇妙）　豐（豐厚）

醲（酒醲）　辛　腥　鹹（鹽多味鹹）　羶　香

麄　精　生

仄　旨（美也）　異（珍也）　盛（豐也）　潔（潔淨）　菲（菲薄）　糲（粗也）　濁（渾濁）

腐　美（甘美）　好（妙也）　滑（軟滑）　釅（醲釅）　沸（湯沸）　淡（味薄）

薄（淡薄）　細　臭　大　小　冷　熟

苦　辣

○烹飪第三

虛字　活

平 烹烹煑 煎煑也 炮炙肉 燔炮肉 屠宰殺 刲割也 調調和五味
淘淅米 嘗試也 蒸炊也 炊以火炊米 斟注酒 釃洗酒 沽買也
賒無錢買物 熬煎熬 餐食也 舂舂米 和 研
分 傾 燔
仄 餁煑也 割殺牲 炙燒肉 釀釀酒 酌酌酒 飲啜酒 啜飲也
飽 嚼食肉 茹食也 啖食也 瀹點茶 淅淅米 爨炊飯
市買也 貰賒也 饜 設 煑烹煑 哺咀也 點點茶
饋進食 吐 噬 漱 焙 醬 置
煉 食 送

二字

○粢盛飲食第四

平 粢盛豐粢潔盛 饔飧朝饔暮飧 糟醨屈原餔糟啜醨 並實 殽蔬 瓜蔬
魚鹽 糟糠 膏粱 牲牢 牲牷左牲牷肥腯 鹽梅書爾惟鹽梅

蓴鱸張翰思蓴鱸
上仄 酒殽 酒醪 膳羞 食羞 米鹽 脤膰 薦羞 血膋
脯脩 酒漿 菜瓜 水漿 酪漿
仄 飲食 酒醴 酒食 酒脯 酒炙 酒果 脯醢 菽粟
麴糵書若作酒醴爾惟麴糵 膾炙孟膾炙與羊棗孰美 藥食 藥餌
脯腊 果脯 餅餌 黍肉 醴酪 菽水
上平 粱肉 魚肉 羹膾 雞黍 芻豢草食曰芻牛羊是也穀食曰豢犬豕是也
盃炙杜殘盃與冷炙 殽核 殽饌 殽醖 葅醢 糠粃
糟粕 酥酪 湯藥 芻飯 醪醴 醇酎 羹酒 肴胾
饔飧 蔬菜 藜藿 葵藿 蔬果 蔬筍 牛酒 湯餅
肴蔌 膰脤 瓜果 茶果

○壺漿甕酒第五

並實

【平】壺漿 盤飧 盤蔬 盤殽 杯羹 杯茶 甌茶
【上仄】椀茶 盞茶 簋飧 豆羹 鼎羹 椀羹 豆肩
【仄】甕酒 斗酒 盞酒 椀飯 椀茗 鼎食 鼎肉 勺水
簋食 筯食 廩食 俎肉 几肉 鼎臠
【上平】盂水 樽酒 觴酒 卮酒 盃酒 壺酒 盂酒 盤饌
簞食 瓢飲 顏子一簞食一瓢飲 甌茗 盤膾 樽蟻 盤果

○嘉殽美酒第六 【上虛】死 【下實】

【平】嘉殽 珍殽 珍羞 美味也 香醪 醇醪 新篘 新醅
新茶 香茶 香粳 奇茶 名茶 清茶 香羹 清羹
豐粢 乾餱 行粮 肥牲 殘盃 芳羞 芳醪 清香
名香 嘉蔬 豐盛
【上仄】濁醪 潑醅 美醪 異殽 美殽 大牢 少牢 潔盛

舊醅 杜樽酒家貧只舊醅 大羹 大羹元酒 特牲 異香 好香
【仄】美酒 旨酒 薄酒 濁酒 淡酒 醴酒 美醞 盛饌
異饌 美饌 束脯 美食 舊醑 久醞 美膾 冷炙
菲食 糲食 惡食 異茗 嫩茗 角黍 淡飯 糲飯
異果 魯醞 魯薄也 異味 美味 異饍 細膾 宿肉
【上平】蔬食 良藥 狂藥 新酒 元酒 清酒 芳酒 甘酒
名酒 佳醞 新醞 濃醞 奇膳 奇醞 佳醑 芳醑
香醑 香酎 芳酎 嘉饌 豐饌 芳饌 珍饌 佳饌
乾腊 珍味 奇味 佳味 甘味 鮮膾 珍膾 佳果
珍果 新果 奇果 佳茗 肥肉 新茗 奇茗 常膳
豐膳 珍膳

○茶清酒冽第七 【上實】 【下虛】死

平 茶清 茶濃 茶新 茶多 醪醇 醅新 羹香 蓴香
醅香 鱸肥 殽多 魚鮮 魚腥 醯酸 殽香 殽嘉
殽珍

上仄 酒醇 酒濃 酒清 肉多 物嘉 酒温 酒寒 酒空
醞香 鱠鮮 鱖肥（桃花浪煖鱖魚肥） 果珍 食珍

仄 酒洌 酒釅 酒美 酒好 酒熟 酒旨 飯熟 鱠美
味美 味重 物旨 鱠細 茗細 茗嫩 酒冷 炙冷

上平 羹美 羹沸 醅熟 蓴美 蓴嫩 鱸美 羊爛 魚餒
魚美 茶好 茶嫩 殽盡 羹冷 湯沸 肴盡 糜爛
香冷 茶冷

○茶香酒味第八

上實 下實

平 茶香 茶花 茶團 茶芽 茶煙 香煙

上仄 酒香 酒痕 酒容 酒光 醞香 醑香 茗香

仄 酒味 酒色 酒氣 酒力 藥力 藥味 藥氣

上平 香味 香爐 香氣 茶味 茶氣 蔬味

○炊香茹羹第九

上虛 活 下虛 死

平 炊香 炊新 嘗新 烹鮮 含酸 餐和

上仄 飲醇 醉醲 食鮮 割鮮 食新 薦新 茹葷 咀葷
味腴 貢新

仄 茹羹 茹素 茹苦 食美 食旨 食淡 食糲 飲酎

上平 餐素

○烹茶煮酒第十

上虛 活 下實

平 烹茶 澆茶 煎茶 分茶 研茶 調羹 和羹 嘗羹
分羹 懲羹 投醪 吹齏 齎糧

【上仄】裹糧 煑茶 點茶 瀹茶 啜茶 當茶 碾茶 喫茶
食糜 啜羹 飲羹 食羹 歠醪 飲醪 把漿 酌醪
具殽 治庖 飲湯 摘蔬 乞醯
【仄】煮酒 造酒 飲酒 酌酒 漉酒 釀酒 把酒 醉酒
置酒 設酒 造酒 勸酒 買酒 賣酒 貰酒 問酒
喚酒 索酒 取酒 嗜酒 對酒 送酒 病酒 載酒
泛酒 具黍 釀黍 設醴 置醴 作醴 泛茗 瀹茗
煮茗 啜茗 具膳 飽飯 進飯 進食 就食 啜粥
進粥 食粟 嗜炙 請粟 食肉 宰肉 割肉 市脯
切鱠 縷鱠 飲水 饋藥 問藥 淅米
【上平】開醞 沽酒 賒酒 嘗酒 携酒 斟酒 傾酒 酣酒
烹茗 煎茗 爲黍 炊飯 抄飯 分肉 分食 嘗果

嘗藥 中酒 行酒 推食 均肉 炊黍 嘗稻 嘗麥 【上實】【下虛】死

○茶邊酒裏十一

【平】茶邊 茶前 詩邊 花邊 齋餘
【上仄】酒中 酒邊 酒餘 食前 食餘 飯邊 飯前
【仄】酒裏 酒後 食頃 食後 飯裏 飯後 食次
【上平】茶裏 羹裏 齋後

○筵開席徹十二

【上平】筵開 筵張 筵收 壺傾 樽空 盂殘 盂傳 盤堆 【上實】【下虛】活
盤空 觴空
【上仄】席終 酒闌 甑炊 鼎烹
【仄】席徹 酒散 酒罷 酒盡 飲罷 甑爨 釜爨 甕釀
【上平】茶罷 筵散 甌泛 盤貯 瓶罄 刀割 刀切

○流匙拍甕十三 上虛 活 下實

【平】流匙 翻匙 堆盤 充庖 傾壺 傾瓶 流觴

【上仄】在樽 在壺 倒瓶 酌樽 酌罍 換貂 泛甌 罄瓶 濫觴

【仄】拍甕 潑甕 落刃 落杵 落爪 泛斝 泛盞 落鼎 出釜 入碾 放箸 下箸

【上平】凝椀 傾座 空盞 登几

○匙翻甕釀十四 上實 下虛 活

【平】匙翻 盤堆 盤空 杯傾 杯斟 觴浮 杯行

【上仄】甑炊 席終 鼎烹

【仄】甕釀 釜爨 甑爨 鼎覆 席徹

【上平】刀割 刀切 甌泛 甌貯 盤貯 瓶罄 筵散

○盈筵滿椀十五 上虛 死 下實

【平】盈筵 盈匙 盈甌 盈樽 盈盤

【上仄】滿筵 滿匙 滿壺 滿卮 滿樽 滿盤 滿甌

【仄】滿椀 滿盞 滿席

【上平】盈椀 盈盞

【天文】○抄雲泛雪十六 上虛 活 下實

【平】抄雲（飯抄雲子白） 浮雲（茶） 蒸霞 流霞（並酒）

【上仄】泛霞 酌霞（並酒） 割雲（稻） 泛雲（茶） 破霜

【仄】泛雪 瀹雪 積雪（並茶） 撒雪（並鹽） 瀉瀑（注酒） 切月 瀹月

【上平】翻雪（嘗稻雪翻匙） 烹雪 飛雪（並茶）

【時令】○春茶社酒十七 並實

【平】春茶 春醪 春醅 秋蓴 秋鱸 春蔬 朝齏 晨炊

春菰 春芽 春盤
上仄 社茶 臘醅 曉蔬 暮鹽 晚茶 午飡 夜粮
仄 社酒 卯酒 夜酒 曉酒 臘酒 臘醖 臘蟻 社茗
社肉 宿肉 午膳 臘肉 臘味 夕膳
上平 春酒 春釀 冬醖 春醖 春茗 春麵 春餅 春乳
春菜 朝膳

地理 ○山殽野蔌十八 並實

平 山殽 村殽 山醁 村醁 山醅 村醋 園蔬杜捕武園中蔬
畦蔬 神膳 仙茶 侯鯖 鄰醢
上仄 野茶 野芹 海鮮 御羹
仄 野蔌野菜也 野菜 野果 野味 海味 海物 海錯
御膳 社胙 社肉 社酒 野物 御饌 禁臠 胙肉

上平 村酒 鄰酒 村醖 仙醖 村釀 仙藥 仙果 仙醴
山果 燔肉 公宴 家釀 公餗 家醖 家飯 家宴
仙飯

花木 ○藜羹麥飯十九 並實

平 藜羹 芹羹 蓴羹 梅羹 蘿羹 松醁 菘盤 蔬盤
椒觴 椒漿 蘭漿 椒盤元日 芹菹 蒲觴午日 萸觴九日 蔬羹
上仄 筍羹 菜羹 藿羹 菊盃九日 栢觴元日 桂漿 筴鹽
蔗漿漢書注取甘蔗汁以解朝醉 木羹
仄 麥飯漢光武滹沱河進麥飯 麥餅 糗飯 粟飯 豆粥 茗飲
藿食 艾黍 艾粽 艾酒 菊酒九日 栢酒 桂酒 麥粉
豆粉 肉食 草酌 果酌
上平 蔬食 菰飯 菰米 蒲醖 蒲酒 蒲醑 萸酒 椒酒

春茶 春芽 春盤

［去］社茶 臘醅 曉蔬 暮鹽 晚茶 午餉 夜散

［仄］社酒 卯酒 夜酒 曉酒 臘酒 臘醞 臘釀 社茗

社肉 宿肉 午膳 臘肉 臘味 夕膳

［平］春酒 春釀 冬醞 春醞 春茗 春醪 春餅 春盒

香菜 朝膳

○山殽野蔌十八

［平］山殽 村殽 山酥 村酥 山酪 村酪 園蔬 [illegible]

時蔬 神膳 仙茶 侯鯖 春鹽

［去］野茶 野芹 海鮮 御羹

［仄］野蔌 野菜也 野菜 野果 野味 海味 海物 海錯

御膳 社肉 社酒 野物 御饌 [illegible] 市肉

卷十四 十

［平］村酒 鄰酒 村醞 仙醞 村釀 仙藥 仙果 仙醴

山果 香肉 公饌 家釀 公饌 家醞 家飯 家宴

仙飯

○蔘羹蔘飯十九

［平］蔘羹 芹羹 薑羹 椿羹 藿羹 松醪 蔬盤

椒餅 椒漿 蘭漿 椒盤 芹菹 蒲菹 [illegible] 蔬羹

［去］筍羹 菜羹 蓍羹 菊盃 [illegible] 桂漿 蔗漿

蕉羹 [illegible] 本羹

［仄］麥飯 [illegible] 麥餅 藜飯 棗飯 豆粥 麥飯

藿食 文羹 文蔬 文酒

豆粉 肉食 草酌 果酌 菊酒 柏酒 桂酒 麥粉

［平］蔬食 蔬飯 蔬米 蒲醞 蒲酒 蒲醑 黃酒 椒酒

瓜祭　麻飯

○斟花酌柳二十　【上虛】活【下實】

【平】斟花　斟蒲　分柑　浮瓜　烹葵　思蓴　炊粱

【上去】食芹　破柑　獻芹　泛蒲　泛萸　切蒲　食葵　破瓜

摘蔬　嚼梅　茹芝

【入】酌柳　食藿　泛菊　嚼菊　啖蔗　煮豆　食藥　啖棗

【去平】嘗稻　嘗藥　嘗茗　嘗麥　蒸茗　餐蔗　餐菊　懷橘

餐柏　餐木

【鳥獸】

○羊羹鯽鱠二十一　【並實】

【平】羊羹　鱸羹　梟羹　羶羹韓盤餜羅羶革　豚蹄　駝蹄

羊頭爛羊頭關內侯　豚肩　魚羹　熊蹯

【上去】彘肩　蟹螯　雀脂　肉糜　蟹黃　茈胥

【入】鯽鱠杜鮮鯽銀絲鱠　鯉鱠　兔醢　蟻酒　蟻醢　雀炙

【去平】魚鱠　羔酒　鴞炙　腥體　鱸鱠　牛炙　龍鮓　蝦鮓

羊酪　魚腊　雞距　熊掌　熊膽　熊白

○屠龍煮鶴二十二　與禽獸門攀龍附鳳互用　【上虛】活【下實】

【平】屠龍　屠羊　刲羊　烹羊　烹雞　烹鵝　蒸豚　煎鴻

炮羊

【去入】炙雞　宰牛　爛羊　獻羔　饋鵝　鱠鱸　宰鵝　薦鰲

【入】煑鶴破琴煑鶴　鱠鯉　刺豕　泛蟻

【去平】持蟹　浮蟻　羞鱉　臑鱉

【彩色】

○黃粱白酒二十三　【上半虛】【下實】

【平】黃粱　青芻　青精飯　黃精　黃芽茶品　黃雞　青鹽　青蔬

紅醅　清茶　清羹　紅鮮

江醢 清茶 清羹 江鮮

黃粱 青[illegible] 青菁 青菹黃菁 黃芋黃雉 青鹽 青蘋

○黃粱白酒二十三

[illegible] [illegible] 羹 [illegible] [illegible]

黃鵪 [illegible] 鱠鯉 刺[illegible] [illegible]

炙雞 牢牛 爛羊 羹[illegible] 黃鵝 鱠鹽 牢鵪 [illegible]

炮羊

膚臘 膚羊 烹羊 封羊 烹雞 烹鶉 [illegible] 豚 煎鵪

○膚臘羹鶉二十二

羊膾 魚腊 雞距 熊掌 熊腊 熊白

魚鱠 羹酒 鵝炙 腥臛 鱸鱠 牛炙 [illegible] [illegible]

膷鱠 鯉鱠 兔醢 [illegible]酒 [illegible]醢 雀炙

禮書卷四 八

[illegible]肩 [illegible] 雀腊 肉[illegible] [illegible]黃 [illegible]青

羊頭 豚肩 魚羹 [illegible]

羊羹 鱸羹 臭羹 [illegible]羹 豚蹄 馬蹄

○羊羹鯽鱠二十一

[illegible]栢 [illegible]本

[illegible] [illegible] [illegible] [illegible] [illegible] [illegible] [illegible]

酌[illegible] 食[illegible] [illegible] [illegible] [illegible] 食[illegible]

[illegible] [illegible] 若人

食芹 [illegible] [illegible]芹 [illegible] [illegible] [illegible] 食[illegible] [illegible]

[illegible] [illegible] [illegible] [illegible] [illegible] [illegible] [illegible] [illegible]

○[illegible]花酌[illegible]二十

[illegible] [illegible] [illegible]

[上仄] 白醪 白盬 紫葺(茶) 綠醅
[仄] 白酒 白酹 白醞 綠醑 綠蟻 黑棗 白飥 白米
赤米 素饌 畫餅
[上平] 玄酒 清酒 清酌 清釀 清醞 清醴 清醥 華饌
青飯 紅酒 紅粒 丹果 朱果

[珍寶]
○珍羞玉食二十四
[平] 珍羞 瓊漿 金波(酒) 瓊酥 瑤脂 膏粱 [並實]
[上仄] 玉脂(將進酒烹龍炮鳳玉脂泣) 玉漿(酒) 玉粳(飯)
[仄] 玉食(天子食曰玉食) 玉果 玉乳(茶) 石乳 玉粒(米) 玉液(酒) 角黍
雪乳(茶) 玉饌 玉飯 玉版(筍) 玉鱠
[上平] 金棗 珍味 珍饌 珍食 珍膳 珍果 銀鱠 絲鱠
金果

[上虛] 活 [下實]
○包金淅玉二十五
[平] 包金(角黍包金) 流脂(米) 飛銀 傾銀(酒) 分金(柑熟客分金)
[上仄] 滴珠 瀉珠 淅珠(並米)
[仄] 淅玉(米) 切玉 浥玉(蒲) 泣玉 食玉
[上平] 浮玉 炊玉(杜玉粒足晨炊) 頹玉(酥) 餐玉

○屠蘇琥珀二十六
[平] 屠蘇 酴醾(並酒) 雕胡 胡麻(並飯) 松花(酒) 雲芽 雲腴(茶) 椒花 [並實]
[上仄] 酪奴(茶) 醱醅(酒) 月兒(羹) 麴生(酒)
[仄] 琥珀 竹葉(酒) 脫粟(飯) 食將(鹽) 藥長(酒)
[上平] 醽醁 醇酎 醅母 雲子(飯) 桑落(酒)

[人物]
○盧茶社酒二十七 [並實]
[平] 盧茶 張蓴 吳蓴 堯羹 吳鹽 齊鹽 齊瓜

盧茶 茶譜 吳茶 姜茶 吳鹽 齊鹽 齊人

○盧茶 杜酒 二十六

醽醁 醇酎 醑母 雲子飯 桑落酒

溥酎 竹葉酒 城東 栗飯 食蓼 長安酒

醱醅 醱醅 醑 月兒 黃麴 生酒

屠蘇 含醑 醆 醽醁 胡 胡麻 飯松 花酒 雲芽 雲腴茶 椒花

○屠蘇 滿酌 三十六

浮玉 冰玉 類玉 醆

浮玉 切玉 夜光 珠 玉 食玉

滿酌 珠 湘珠

金 酒 菊 金 餅 一 金 餞

○金 玉 二十五

金果

金塞 金味 金饌 金食 金膊 金果 金饌 絲膾

雲乳茶 玉饌 玉飯 玉膾

玉食 天子食曰玉食 玉果 玉乳茶 石乳 玉井 木 玉液 酒 角黍

玉脂 玉漿 酒 玉粳 米

金盞 壽炙 金液 酒 瓊酥 瑤脂 青粱

○金盞 玉食 二十四

青飯 紅酒 紅粳 丹果 朱果

玄酒 清酒 清酌 清醥 清醠 清醴 清醥 葉餚

赤米 素饌 素餅

白酒 白醪 白醴 綠醑 綠蟻 黑黍 白餅 白米

白膾 白鹽 紫芽茶 紫筍茶

【去】越醪　陸茶　漢醪　楚醽　傅羹　顥羹　郇瓜
【入】杜酒　畢甕　楚醞　魯酒　魯醞　趙酒　禹酒　禹食
【上】陳肉　周粟　秦粟　平肉　巴橘　張鱠　潘米　醽酒
【並實】

○詩神酒聖二十八

【平】詩神　茶仙　詩仙　醫靈
【去】麴神　酒仙　睡魔　酒狂　酒豪
【入】酒聖李詩已聞清比聖　酒主　酒客

【形體】○澆腸適口二十九

【上虛】活【下實】
【平】澆腸　搜腸盧三椀搜枯腸　開顏　開懷　寬心　清肌
【去】破顏　潤喉　解頤
【入】適口孟肥甘不適於口與　濺齒　潤吻　入口　爽口
【上】流頰　清骨　流齒

○消愁解悶三十

【上虛】活【下實】
【平】消愁　忘憂
【去】解憂　散憂　解酲　散愁並酒　掃愁
【入】解悶　醒睡　破悶　發汗並茶
【上】消恨　舒笑　消悶　和事酒

【數目】○三牲五味三十一

【上虛】死【下實】
【平】三牲　三牷　三漿　三犧　多肴　雙魚
【去】八珍　六禽　六牲　百羞　庶羞　庶鮮　五豝　七菹
【入】五味　百味　五齊　五餌　二醴　五穀　六膳　四膳
七醢　一飯　一食　庶食　百藥
【上】三酒　三飯　三饗

○三盃一斗三十二

【上虛】死【下實】

【平】三盃　千盃　千觴　雙壺　千鍾　千倉

【上去】一簞　一瓢　百盃　十觴　一樽　一壺　一甌

【仄】一斗酒　七椀茶　一盞　七盞　五鼎　一豆　一捥茶　一石

【上平】三盞　雙篕　兼味

○三餐一吸三十三　上虛　死　下虛　活

【平】三餐　兼餐　三嘗　三行　加餐杜加餐可扶老

【上去】一嘗　一餐　兩餐

【仄】一吸　一啜　一泛　一飲　一醉　一酌　一舉　兩泛

【上平】三泛

○初香乍熟三十四　上虛　死　半實

【通用】

【平】初香　新香　初温　微温　初酸　微酸　微甘　惟清　惟馨　非馨

【上去】既嘉　既多　既馨　既清　作甘　作辛　作鹹　正肥　至精

【仄】乍熟　已熟　正熟　未熟　正好　正美　最苦　正煖　已冷　已老　至潔　正嫩

【上平】初熟　新熟　初醖　初釀　新釀　初透　初沸　初嫩　新脆　初洌

○斟来飲盡三十五　並虛　活

【平】斟来　沽来　賒来　烹来　傾来　斟餘　携来

【上去】碾飛　碾開　醉来

【仄】飲盡　酌盡　吸盡　瀹起　碾作　醉倒　食罷　飲罷

【上平】斟上　斟盡　傾倒

○高斟滿酌三十六　上虛　死　下虛　活

【平】高斟 輕斟 深斟 低斟 頻斟 頻沽 堪賒 開烹
輕抄 輕研 新舂 新嘗 初嘗 加餐 開餐 新炊
【去】試嘗 可沽 試賒 試分 少斟 入蒸 飽餐 淺斟
滿斟 滿傾 大烹 軟炊 共餐
【仄】滿酌 自酌 細酌 滿泛 滿飲 剩飲 暢飲 痛飲
淺泛 苦勸 細碾 細瀹 可買 可貰 細切 自煮
細嚼 爛醉 復釀
【上】深勸 齊勸 拚飲 頻勸 先酌 新試 初試 初釀
麄切 頻泛

【連綿】

○烹煎醞釀三十七 【虛】活

【平】烹煎 蒸炊 調和 酕醄
【仄】醞釀 飲食 饜飫 咀嚼 酩酊

【上】斟酌 煎點 炊爨

○肥甘旨美三十八 【虛】死

【平】肥甘 肥鮮 醲鮮 醇醲 馨香 辛酸 甘酸 鹹酸
甘香 羶葷 紛綸 腥羶 腥臊 澆漓
【去】苦甘 旨嘉 潔豐 苦辛 苾芬 旨多 苦酸
【仄】旨美 脆美 軟美 軟熟 瑩薄 臭惡 臭穢 菲薄
【上】甘旨 甘脆 甘美 甘洌 香粲 香美 香熟 香軟
芬馥 芬鬱 精細 精潔 鮮潔 清潔 豐潔 肥腯
充溢 新脆 漓薄 精鑿 醇厚 狼籍 香洌

【疊字】

○芬芬苾苾三十九 【虛】死

【平】芬芬 浮浮 陳陳 叟叟飯 薰薰 晶晶
【仄】苾苾 泛泛 滿滿 薄薄 爍爍 細細 灧灧

三字

○建溪茶高陽酒四十

平 建溪茶 顧渚茶 趙州茶 武夷茶 陽羨茶 雲坑茶
龍焙茶

仄 高陽酒 新豐酒 宜城酒 長安酒 松江膾 邯鄲酒
南海荔

○蓴菜羹菊花酒四十一

平 蓴菜羹 芹菜羹 蔬菜羹 桂花湯 橘皮湯 橙香湯

仄 菊花酒 椒花酒 竹葉酒 桃花酒 松花酒 松花蜜

○錦帶羹雕胡飯四十二 雕胡菰米也

平 錦帶羹 茉莉茶 甘露羹 月兒羹

仄 雕胡飯 胡麻飯 菖蒲酒 茱萸酒 荼蘼酒 桑落酒
桄榔麪 薔薇水

○雀舌茶牛心炙四十三

平 雀舌茶 鳳爪茶 龍涎茶 龍涎香 蟹眼湯 月兒羹
甘露羹

仄 牛心炙 龍肉鮓 羔兒酒 鵝兒酒 鱸魚膾 雲子飯
含風鮓

○傅說羹張華鮓四十四

平 傅說羹 考叔羹 張翰羹 盧仝茶 陸羽茶 周顒蔬
韓壽香

仄 張華鮓 馮異飯 漂母飯 子路米 庾果食 杜康酒
曹參酒 方朔肉 陳平肉 張翰膾 東坡笋 康子藥
穆生醴 傅說醴

○七椀茶千鍾酒四十五

【平】七椀茶　一豆羹　一盂羹　一壺漿　一盤蔬　八珍羞
兩斑茶　二囊茶　一瓣香　一粒丹　九轉丹　八餅茶
一盃茶
【仄】千鍾酒　一斗酒　三盃酒　一盃酒　一樽酒　一壺酒
一瓢酒　一簞食　一顆飯　一粒飯　數升飯　五鼎食
千鍾粟　一盃水　一釜粟　一斗粟　五斗米　八珍饍
兩器豆　三年食　三年艾

【四字】○白飯青芻黃雞白酒四十六
【平】白飯青芻　赤米白鹽　玉粒紅鮮
【仄】黃雞白酒　綠葵紫蓼　碧鮮香飯　瓊糜玉饌　左肴右胾

○細酒肥羊清茶淡飯四十七
【平】細酒肥羊　旨酒嘉肴　糲食粗衣　飽食煖衣　菲食惡衣

【仄】清茶淡飯　常珍異饌　殘盃冷炙　濁醪麄飯　汙樽抔飲
潔粢豐盛　有酒無肴
大羹元酒　寒虀薄飯

○烹羊炰羔茹毛飲血四十八
【平】烹羊炰羔　舍魚取熊　效牲薦獻　餔糟啜醨　枕麴藉糟
啣盃漱醪　懲羹吹虀　醉醲飽鮮　挹潦濯罍　酣酒嗜音
【仄】茹毛飲血　烹龍炰鳳　炰鱉膾鯉　獻羔祭韭　烹葵及菽
沽酒市脯　飲冰食蘖　耕食鑿飲　洗爵奠斝　吐哺握髮

○桂酒椒漿藜羹麥飯四十九
【平】桂酒椒漿　麥飯豆羹　蔬食菜羹　糲食藜羹　麥食脯羹
牛炙羊羹　蘆菔芹芽
【仄】藜羹麥飯　山肴野蔌　菜羹瓜祭　麥飯豆粥　蓴羹鱸膾

漿酒藿肉　蓴絲鱠縷

○斗酒雙魚簞食瓢飲五十

平　斗酒雙魚　斗酒隻雞　斗酒彘肩　簞食豆羹　簋飯鉶羹

仄　簞食瓢飲　斗粟尺布　庖蒸稾粟　盃酒臠肉　樽酒簋物

○傅說和羹儀狄造酒五十一

平　傅說和羹　考叔嘗羹　高祖分羹　隋帝傳餐　曹相飲醇
屈原啜醨　屈原餔糟　孔子絕糧　微生乞醯　盧仝煎茶

仄　儀狄造酒　杜康造酒　淵明漉酒　楚君旰食　懷慎伴食
漢王推食　穆生設醴　傅說作醴　周公吐哺　陳平分肉

○醉醲飽鮮飲苦食淡五十二

平　醉醲飽鮮　飲苦食辛　吐故納新　食英吐華　掊苦摘鮮

仄　飲苦食淡　餐和茹淡　衣粗食糲　茹葷餐素　攻苦食淡

○自酌自吟以享以祀五十三

平　自酌自吟　尒酒尒肴　以薪以蒸　或就或將　可膏可粱
既旨既嘉　或剝或烹　必潔必香　是饗是宜

仄　以享以祀　既醉既飽　自斟自酌　或燔或炙　以烹以炙
或飲或食　載酬載酢　作羹作醴　是蒸是饗　不時不食

○二醴三漿六牲八物五十四

平　二醴三漿　五牲三犧　八珍庶羞　異味雙魚

仄　六牲八物　五俎四簋　二牲八簋　庶羞百味

對類卷之十四

對類卷之十五

文史門

一字　○經史第一　實字

平　經易書詩禮樂春秋為六經　詩毛詩詩詞　爻卦有六爻　墳三墳　謨三謨　風十五國風

箋箋注　篇書篇詩篇　文文章　辭文辭又言辭　箴戒也　銘記其功也　歌歌詠

詞詞曲　書書簡　牋表牋　編簡編　碑立石紀功　圖圖書　書尚書又書籍

騷屈原作離騷楚詞也

仄　史作史紀事　易周易伏羲畫八卦文王重之孔子作文言係辭又易書　禮周禮　記禮記傳記

傳左傳史傳　卦六十四卦　彖周公作彖　象孔子作象　繫繫辭　典堯典舜典　訓伊訓教也

誥湯誥　誓甘誓泰誓　命畢命　雅大小二雅　頌周魯商頌　子諸子之書　疏注疏

注所以釋經傳之義曰注　解訓解　釋注釋　卷書卷　帙書帙　簡竹簡

籍書冊　冊書冊　牘簡牘　字文書又書字　句章句　義文義　賦詞賦

論議論　策答策　詔詔書　令詔令　檄符檄　表章表　奏奏議

疏諫疏　贊稱美之辭　畫圖畫　議論事是非　帖書帖　曲詩之長短句者以其宛轉謂之曲又歌曲

序所以序事　槧東板

○新雅第二　虛字　死

平　新新詩　佳佳句　雄雄壯　華華麗　深深奧　精精義　奇奇怪

通通徹　豪豪雄　嘉善也　純純粹　明理明　詳精詳　弘大也

遺遺編餘也

仄　雅雅正　奧奧妙　古老作　秀清秀　妙好也　麗麗句麗詞　健壯健

簡簡勁　絕奇絕　美妙也　淡雅淡　舊古作　老老作　正端正

好奇絕

○吟講第三　虛字　活

平　吟 吟詠　裁 裁詩　觀 看也　評 評論　談 談經　明 詳明　摘 摘文

題 題詩　書 書寫　謳 謳歌　參 參攷　研 研窮　看 觀看　刪 刪削

賡 賡和　酬 唱酬

仄　講 講說　習 學習　考 考究　讀 誦讀　論 議論　撰 撰述　寫 書寫

製 製作　授 傳授　讚 讚歎　諷 諷誦　著 著述　對 對策　錄 謄錄

紀 紀其事

二字　○詩書典籍第四　並實

平　詩書　經書　文書　圖書　車書　琴書　文章　篇章

文詞　言辭　歌辭

上仄　冊書　簡書　簿書　易書　史書　典墳　典謨　典章

簡編　藝文　訓辭

仄　典籍　史籍　典冊　簡冊　制冊　簡牘　雅頌　樂頌

賦頌　禮樂　頌誓　誓命　訓誥　典誥　傳注　傳記

典記　子史　彖象　典禮　史傳　論策

上平　經典　經籍　經傳　經史　書史　文史　文籍　文翰

文字　書志　八書十志　書契　詩曲　詩傳　詩禮　詩樂

詩賦　碑頌　箴頌　歌頌　圖籍　圖畫　篇籍　風雅

騷雅　墳典　謨訓　碑記　章疏　篇簡　爻象

○詩章誥旨第五　上實　下實

平　詩章　詩篇　詩詞　詩情　詩名　詩聯　詩題　詩歌

箴銘　歌聲　辭華

上仄　詔辭　誥辭　詔書　檄詞　賦聲　奏章　諫章

仄　詔旨　詔令　詔誥　制詔　奏牘　奏疏　奏議　奏稾

諫藁 諫疏 字畫 句法
[上平] 詩句 詩思 詩卷 詩軸 詩韻 詩料 詩意 詩義
書籍 書卷 書信 書句 章句 文價 文采 文氣
文思 詞采

○詞章曲譜第六 [上實] [下實]

[平] 詞章 詩辭 詩盟 詩評 詩文 書篇 書辭 書題
經題 書名
[上仄] 樂章 樂音 樂歌 曲情 曲名 曲聲 頌聲 信音
畫圖
[仄] 曲譜 曲調 曲句 曲意 曲法 字義 字法 筆法
筆意 筆陣 史冊 史法 史筆 樂譜 畫譜 畫卷
畫軸

[上平] 詩集 詩話 詩套 詩格 詩法 詩序 詩冊 書冊
書法 書序 書譜 琴譜

○遺經古史第七 [上虛] 死 [下實]

[平] 遺經 遺文 遺編 殘編 遺書 殘經 全經 全篇
微言 前言 空言 亡詩 悲騷
[去] 舊經 舊編 格言 雅言 古詩 古文 闕文
[仄] 古史 舊史 逸史 斷簡 脫簡 古典 舊典 雅訓
古訓 舊訓 往訓 小雅 大雅 大傳 列傳 實錄
[去] 遺訓 殘簡 遺翰 方冊

○新詩妙曲第八 [上虛] 死 [下實]

[平] 新詩 清詩 新篇 佳篇 長篇 高篇 新章 佳章
佳詞 高詞 新詞 新文 高文 雄文 新歌 清歌

長歌　長吟　清吟　清謳　華牋　芳牋　香牋　長牋
新書　奇書　成書　前書　殘書　長編
〔上去〕小詩　好詩　短章　斷章　舊章　艷歌　短歌　雅歌
好詞　古詞　雅詞　艷詞　小詞　舊書　古書　好書
雅言　斷編　短篇　大篇　雅篇　短牋　小牋
〔入〕妙曲　雅曲　麗曲　古曲　舊曲　艷曲　雅句　妙句
古句　美句　好句　秀句　麗句　絕句　健筆　壯筆
大筆　妙筆　老筆　直筆　曲筆　雅什　美什　古調
美調　妙語　險語　妙論　異論　細札　惡札　妙札
細字　小字　大字　信史　穢史　上策　下策　古畫
舊畫　好畫　妙畫　妙墨　弱翰　古律　老作
〔上平〕佳句　長句　芳句　新句　高作　佳作　佳什　高什

清製　佳製　佳語　芳字　奇字　真札　芳札　新語
新曲　香翰　芳翰　華翰　佳信　芳信　奇畫　名畫
名筆　嘉韻　高韻　嚴韻　清詠　高詠　佳詠　新論
奇論　清論　清唱　新唱　佳傳　柔翰　佳畫

○吟詩射策第九

〔上虛〕活〔下實〕

〔平〕吟詩　裁詩　觀詩　評詩　題詩　刪詩　工詩　陳詩
歌詩　能詩　敲詩　編詩　談詩　封書　修書　詳書
觀書　求書　投書　焚書　知書　收書　藏書　看書
裁書　携書　橫經　窮經　尊經　明經　通經　談經
能文　爲文　摛文　吟文　揮文　論文　行文　成文
談文　摛辭　摛章　成章　賡歌　陳謨　開緘
〔上仄〕讀書　著書　點書　寫書　束書　寄書　定書　上書

獻書 看書 習書 學書 買書 作書 校書 得書
檢書 說書 誦書 挾書 賜書 賦詩、作詩 詠詩
說詩 誦詩 學詩 讀詩 采詩 寄詩 寫詩 和詩
獻詩 讀騷 屬文 作文 綴文 學文、續文 校文
抗章 上章 徹章 進章 屬辭 吐辭 措辭 立言
作經 講經 帶經 說經 治經 解經 按圖 覽圖
罷歌 作歌 唱歌
【仄】射策 奏策 獻策 對策 畫策 挾策 奏賦 作賦
覓句 得句 鍊句 琢句 繪句 獻頌 作頌 學禮
讀禮 執卷 展卷 釋卷 讀史 閱史 著史 作史
詠史 看史 點易 學易 寫易 讀易 布詔 下詔
發號 出令 勉學 進學 典學 務學 寫字 製字

下字 鍊字 織字 較藝 試藝 洒翰 染翰 起藁
脫藁 寄信 問信
【平】開卷 舒卷 觀史 修史 吟賦 搜句 聯句 裁句
賡句 看易 明易 書字 題字 宣詔 頒詔 投策
陳策 披卷 揮翰 閱禮 謄藁 焚藁 傳檄

○詩成賦就第十 【上實】【下虛】活

【平】詩成 文成 章成 書成 經窮 歌成 歌闌 詞成
經橫 篇成 篇終 歌終
【去】賦成 句成 曲成 曲終 卷成 卷終 卷開 藁成
賦終 句終
【入】賦就 賦罷 句就 句得 曲唱 學就 論畢 曲罷
奏罷 講徹 講罷 學倦

【上平】詩就 詩詠 詩作 文就 文作 歌罷 歌徹 詞罷
詞畢 詞就

○書中句裏十一

爻中 吟邊
【平】書中 書邊 詩中 篇中 章中 經中 題中 詞中 【上實】【下虛】死
【上仄】曲中 卷中 句中 卦中
【仄】句裏 句内 籍内 卦内 卷内 卷末 卷後 紙上
【上平】書上 書後 書裏 書末 篇後 篇末 言外 言表
章末

【天文】○風雲露月十二

【平】風雲 雲煙 杜揮毫落紙如雲烟 雷霆 文若雷霆 文章變化 波瀾 文章曹植波瀾闊 【實】
江山 杜詩得江山助 虹霓 氣掃虹霓千丈

【仄】露月
【上平】風雨 筆落驚風雨 河漢

○凌雲組霧十三

【平】凌雲 相如奏賦有凌雲氣 飄雲 浮雲 杜字休變化如浮雲 生雲 【上虛】活【下實】
翻波 盤空 橫空 並詩句 揮雲 如煙 字如泉 文窺天
韓文字窺天巧 驚風 筆落驚風雨 翻瀾 摩空 李賀詩殿前作賦聲摩空
【上仄】倒源 湧泉 吐霓 補天 掃霓 泪金 文
【仄】組霧 擲地 擲地當作金石聲 倒峽 詞源倒流三峽水 結縹 歌 泪石 文
【上平】驚雨 霑雨 筆架霑窗雨 流水 詞

【時令】○朝吟夜誦十四 與身體門春心晚興又時令門春遊夜坐互用 【實】【下虛】活

【平】朝吟 晨吟 春吟 秋吟 朝歌 朝遊 朝遊乎書林
朝聞 語朝聞道 晨遊

〔上去〕夜看 夜觀 曉吟 晝吟 夜吟 日窮 晚吟
〔入〕夜誦 夜讀 晝誦 午誦 曉看 曉詠 晚詠 日誦
日記 晚唱 夜唱
〔上平〕春誦 春詠 秋學 冬讀 冬足（三冬文史足用） 晨誦 時敏

〔地理〕。詞源學海十五 〔並實〕

〔平〕詞源 詞林 書林 詩山 詩城 詩壇 騷壇 文場
文闈 文瀾 文鋒 文風 文江 文泉 文房 書廚
詞鋒 詞場 書窓 文衡 詞垣
〔上去〕禮園 賦林 賦山 賦淵 禮闈 翰林 思泉 筆鋒
〔入〕學海 學府 藝苑 藝圃 筆陣 武庫
〔上平〕文苑 文海 文府 經苑 書圃 書囿 書府 經庫
經笥 詞峽 詩壘 詩社

〔花木〕。蒲編竹簡十六 〔並實〕

〔平〕蒲編 蒲書 麻詞 梅詞 梅詩 松煤 花箋 芝封
蕪辭 蒻言 葩詩 葩辭
〔上去〕竹書 草書 藻詞 菲章 草詩
〔入〕竹簡 草詔 草檄 草句 藻句 藻筆 菲語
〔上平〕芝檢 芝詔 麻詔 麻檢 麻制 梅賦 花判 花筆
藤紙 麻紙

。詩葩諫草十七 〔並實〕

〔平〕詩葩 詞林 文華
〔上去〕判花 筆花 詔條 制條
〔入〕諫草 奏藳
〔上平〕詞藻 詩藳 書種 書草 詞蔓

。生花夢草十八

平 生花筆 含英文章 編蒲寫書

上去 吐葩 咀華 上虛 活 下實

入 夢草詩 發藻文 品藻 漂麥 汗竹

平平 摛藻 編柳

鳥獸

。魚牋蠹簡十九 平實

平 魚牋 鸞牋 魚書 鴻書 龜書 龜章 龜文 龜疇

龍韜 龍圖 龍文 蟲文 麟經 蟻經 鴛緘 牛經

上去 鯉書 鴈書 羽書 鷄書 鶴書 馬圖 兔毫 豹韜

虎韜 犬韜 鳳牋 馬經

入 蠹簡 鳳曆 鳳詔 鳳紀 兔穎 鳥篆 鴈帛 鴈字

鴈信 馬史 豹畧 羽檄 繭紙 鵬賦賈誼作鵬賦 虎榜

平平 蠅字 麟史 鸞誥 虫篆 螭筆 麟筆孔子作春秋西獲麟

。龍翔鳳躍二十 上實 下虛 活

平 龍翔 龍蟠字也鳳翥龍蟠 龍跳 龍盤

入 鳳躍 虎躍 鳳翥 鳳舉 虎卧

平平 蛇縮

。囊螢寄鴈二十一 上虛 活 下實

平 囊螢車胤囊螢照書 烹魚 雕虫

上去 挂牛李密挂書牛角

入 寄鴈寄書雲間鴈 繫鴈

平平 烹鯉

器用

。焚膏引燭 上虛 活 下實

平 焚膏 燃藜 燃薪畢誠夜燃薪讀書

【上仄】下帷 董子下帷讀書

【仄】引燭 匡衡鑿壁引鄰舍燭光照書　暎雪 孫康暎雪讀書　閉戶 孫敬閉戶讀書

【上平】懸髻

【聲色】○黃麻紫詔二十三　【上平虛】死　【下實】

【平】黃麻 唐太宗詔用黃麻紙寫詔勅文　青編　紅牋　青牋　華緘　丹書

高祖封列侯有丹書之信

【上仄】白麻　素牋　彩牋　赤文　畫牋　畫圖　綠書　素書

選呼童烹鯉魚中有尺素書

【仄】紫詔　白簡 御史彈文也　綠簡　白紙　素紙　畫軸

綠字 洛書六十五字皆綠　白字　彩筆　畫卷　淡墨

淡墨題名

【上平】丹詔　黃榜　黃冊　黃紙　華翰　青簡　紅筆　彤筆

彤管　黃卷　青史

【珍寶】○珠璣錦綉二十四　【並實】

【平】珠璣　璵璠 高價越璵璠　珊瑚 杜文采珊瑚簇　琳琅

【上仄】錦裳

【仄】錦綉 唐詩詩成錦綉填胸臆　綺綉 杜揮翰綺綉揚

【上平】瓊玉　金石　金綉　金玉　珠玉　杯斝 王翰之文如瓊杯玉斝

○金書玉冊二十五　【並實】

【平】金書　金縢　金科　金箋　金經　瑤圖　鐃歌　銀鉤

銅符

【上仄】石經　石書　漆書　板圖　緑箋　帛書

【仄】玉冊　鉄券　鉄畫　玉曆　寶曆　玉檢　玉笈　寶札

寶翰　寶墨

【上平】金字　金榜　金詔

○琅函寶軸二十六　【並實】

【平】琅函　牙籤　瑶編　韋編

【上去】錦書　錦章　寶章　寶簽　綉文　錦文

【入】寶軸　寶簡　寶訓　寶冊　玉牒　貝葉　錦字（杜詩家挑錦字）

【上平】綾紙　銀管　銀硯　金匱（金匱紬太史之書）

【人事】○軻書戴記二十七　【並實】

【平】軻書　毛詩　韓詩　羲經　箕疇　王書　班書

【上去】禹歌　禹謨　夏書　禹疇　杜詩　白詩　頡書　衛詩

漢書　李詩

【入】戴記　左傳　孔傳　孔繫（孔子作繫辭）　董策　范史　舜典

籀篆　頡字　賈策

【上平】羲易　堯典　伊訓　箕範　班史　遷史（司馬遷作史）

周典

○吳歌楚曲二十八　【並實】

【平】吳歌　吳謠　虞書　商書　周書　唐書　商盤　周詩

齊詩　豳詩　皐謨　齊論

【上去】魯論　楚辭　楚歌　越吟　舜歌　楚騷

【入】楚曲　魯史　漢史　魯頌　魯語　召誥

【上平】周易　周禮　商頌　周頌　唐韻　唐絕　周語　湯誓

泰誓　康誥　唐史

○山歌塞曲二十九　【並實】

【[illegible]】山歌　民言　工詩　君詩　鄉音　鄉書　農書　醫書

宸章

〔上仄〕聖經　御書　佛書　佛經　道經　佛言

〔仄〕塞曲　野詠　野誦　野史　里詠　里語　道聽　驛報

邸報　譯語　御製　御札　道教

〔上平〕鄉信　家信　宸畫　邊報　邊檄　宸翰　儒學　禪語

。驚神泣鬼三十　〔上虛〕〔下實〕

〔平〕驚神 杜律中鬼神驚　通神 杜書貴瘦硬方通神　驚人 杜語不驚人死不休

〔上仄〕泣神　有神 杜下筆如有神　起予 語起予者商也　入神

〔仄〕泣鬼　對聖 仁傑曰黃卷方與聖賢對　入聖

。詩逋酒債三十一　〔上實〕〔下半虛〕

〔平〕詩逋　詩豪　書癡 竇威廣覽羣言諸兄誚之曰書癡　花愁　花籌　詩狂

詩顛　詩神　詩魔　詩臞　文豪　醫靈

〔上仄〕酒豪　酒狂　字師　酒顛　畫師　曲師

〔仄〕酒債　酒病　酒癖　酒令　酒聖　酒困　傳癖 杜預有左傳癖

草聖　畫癖　字祖

〔上平〕詩債　詩病　詩苦　詩癖　詩瘦　書隱　書困　棊癖

棊隱　書癖

〔身體〕。潛心篤志三十二　〔上虛〕〔下實〕

〔平〕潛心　留心　藏身 學問藏之身　埋頭 文公詩書冊埋頭何日了　吟情

陶情　研精

〔上仄〕嘔心 李賀母曰是兒要嘔出心方已耳　著心 荀入乎耳著乎心　銳情

〔仄〕篤志　遜志　努力　勉力　詠志　苦思 杜苦思緣詩瘦　入耳

立意　湧思　遣興 杜遣興莫過詩

〔上平〕覃思　叉手 八叉手賦成

。詩情曲意三十三　〔並實〕

平 詩情 詩名 吟情 吟懷 文名 歌聲 詩聲 書聲

上仄 曲情 曲聲 頌聲 樂聲 賦聲 信音

仄 曲意 曲思 語意 樂意 韻意 紙尾 卷首 筆力

筆勢

上平 詩意 詩思 文思 文勢 篇首 書意 吟思 吟趣

文法 文意 詩法 詩興 詩趣 辭意

數目 。三墳五典三十四 上虛死 下實

平 三墳 三謨 群書 諸書 群經 諸經 千章 千篇

三篇 千言 千詩

上仄 六詩 四詩 八書 一書 六爻 一經 五經 九經

九疇 九丘 九章 八章 一章 九篇 七篇 一篇

百篇 六韜 六箴 百家 片言 一言 五言 七言

萬言 一辭 片辭 十行 數行 一封 尺書 十書

四書

仄 五典 二典 六典 六藝 六籍 八卦 一卦 六畫

四始 二雅 六義 二禮 六禮 五傳 八韻 四韻

五子 一卷 兩卷 萬卷 一句 數句 一字 隻字

一札 一紙 片紙 尺牘 一首 數首 一曲 幾句

上平 三易 三傳 三畧 三策 諸子 諸史 千卷 千首

千句 三禮 群籍

通用 。吟哦講誦三十五 並虛活

平 吟哦 謳吟 披吟 呻吟 沉吟 歌吟 謳歌 研窮

研覃 葳脩 賡酬 編摩 揄揚 歌謠 歌謳 敲推

披尋 搜尋

【上去】琢磨 切磋 發揮 講論 考論 講明 討論 就將
品題 詠歌 嘯歌 唱酬 剪裁 校讎
【入】講誦 諷誦 讀誦 誦讀 議論 講論 綴葺 玩味
講習 諷詠 嘯詠 歎詠 讚詠 講究 著作 著述
制作 述作 紀載 唱和 屬和 纂葺 點綴 勉強
博洽 博釆
【上平】舒卷 賡和 賡詠 賡唱 吟唱 歌唱 題詠 歌詠
揮染 窮究 研考 磨琢 馳騁 吟嘯 歌嘯 譏諷
粘綴 談論 模寫 嘲弄

○吟餘讀罷三十六 【上虛】活 【下虛】死

【平】吟餘 吟成 吟殘 歌殘 謳殘 摹成 編成 揮成
裁成

【上入】撰成 著成 寫成 纂成 畫成 讀餘 作殘 讀殘
寫來 作成
【入】讀罷 讀過 讀遍 讀畢 誦畢 寫畢 寫罷 點罷
寫出 寫就 賦就 撰出 著就 畫出 看足 閱遍
覔得 唱出 唱起 唱徹 看盡 讀盡 染就
【上平】吟就 吟罷 吟徹 揮就 裁就 思得 歌罷 歌徹
歌就

○頻看遍覽三十七 【上虛】死 【下虛】活

【平】頻看 勤看 精研 精窮 精通 精思 旁搜 窮搜
【上去】苦吟 遍觀 博觀 熟研 細論
【入】遍覽 熟覽 博覽 歷覽 廣覽 歷究 熟究 博考
博極 遍閱 遍讀 細讀 力務 獨掃 獨抱 足用

迭和　熟看　解撰　博記　博究
【上平】精究　多究　精曉　旁考　頻誦　多識　多讀

○森嚴俊逸三十八【連綿】【並虛】死

【平】森嚴（文章法度森嚴）　雄深　弘深　英華　風騷　清新　清便
精微　縱横　深純　温柔（詩）　疏通　鏗鏘　弘涵　精深
吾伊（讀書聲）　聱牙（書）　浮誇（左）
【上去】老成　簡嚴（六經簡嚴易直）　易長　粹精　謹嚴　坦明
【仄】俊逸（詩）　敏捷　瀏亮（賦）　麗則　宛轉　雅健　雅麗　組麗
洒落　瘦硬　斷絶　絜凈（易）　屈曲（書）　廣博　樂教　博洽
隱奥　錯綜
【上平】圓靜　清壯　温潤　盤屈　飄逸　騷雅　風雅　芳潤
穿鑿　艱澁　雄健　醇雅　褒貶

○昭然渾尓三十九【並虛】死

【平】昭然　怡然　紛然　清兮　飄然　紛如　琅然
【去】坦然　粲然　煥乎　渾然　煥然　繹然　妙哉　粹然
倩兮　偉哉
【仄】渾尓　灝尓　炳若　粲若　遠矣　妙矣
【去】清矣　華矣

○篇篇句句四十【疊字】【並實】

【平】篇篇　章章　聲聲　言言　聯聯
【仄】句句　字字　語語　韻韻　曲曲

○日讀書夜觀史四十一【二字】

【平】日讀書　夜觀書　暮作詩　冬教書　夜賦詩　夜論文
【仄】夜觀史　朝為賦　朝聞道

○教詩書立訓傳四十二

平 教詩書 混車書 作文章 畏簡書 可簡編 通古今
讀詩書

仄 立訓傳 學詩禮 教禮樂 悅禮樂 分章句 習句讀
修記注 美辭翰

○金滕書玉牒史四十三

平 金滕書 玉笈書 寶訓書 貝葉經 錦囊詩 金薤詩

仄 玉牒史 瑶編史 金聲賦 銀鈎字 牙籤軸

○少陵詩左思賦四十四

平 少陵詩 工部詩 李陵詩 李陵書 班妤詩 班固書
淵明詩 李白詩 右軍書 子卿書 昌黎文 箕子疇
盧仝歌 靈運詩

仄 左思賦 相如賦 楊雄賦 仲舒策 賈生策 左氏傳
丘明傳 公羊傳 穀梁傳 劉蕡策 周公禮 孔子傳
孔子繫 文王易 王褒頌

○五車書千里字四十五

平 五車書 萬卷書 三篋書 一編書 一卷書 一封書
萬言書 萬金書 百篇詩 五言詩 七言詩 七步詩
四始詩 八陣圖 八分書

仄 千里字 千金字 一丁字 三都賦 兩都賦 十年賦
三篇策 一封奏 三家易 三冬史 五行志 九域志
三氏傳 數般曲

○禮樂詩書典謨訓誥四十六

平 禮樂詩書 學問文章 圖籍文書 句讀篇章

仄 典謨訓誥　篇章文字　表志紀傳　車書軌範

○斷簡殘編片言隻字四十七

平 斷簡殘編　長歌短詩　累牘連篇　彝訓格言　左圖右書

仄 片言隻字　前言往訓　雅誥奥義　前經往史　奇辭險韻

左經右史　左圖右籍

○河圖洛書皇墳帝典四十八

平 河圖洛書　漆書壁經　蠹簡蟲書　龜書馬圖　竹簡蒲編

仄 皇墳帝典　聖經賢傳　龍文龜字　塗歌里詠

○編詩讀書揮毫落紙四十九

平 編詩讀書　删詩定書　獻賦論兵　博古通今　是古非今

貴華賤夷　頌詩讀書

仄 揮毫落紙　立經垂訓　填詞和曲　窮經究史　吟詩作賦

据經援史　談天說地

○燒燭檢書焚香讀易五十

平 燒燭檢書　橫槊賦詩　下帷講經　緩轡諷詩　痛飲歌騷

灑血書詞　臨流賦詩　緝柳編書　畫扇題詩　當庭裂麻

仄 焚香讀易　投戈講藝　傍梅讀易　研朱寫易　負笈來學

○虞書夏書商頌周頌五十一

平 虞書夏書　商書周書　周詩鄭詩　齊論魯論　漢書唐書

仄 商頌周頌　堯典舜典　班史遷史　羲畫文畫　隋志宋志

○八卦縱橫七篇明白五十二

平 八卦縱橫　六爻發揮　一字森嚴　大藝精華　六經修齊

六藝喉衿　諸子藩籬

仄 七篇明白　七篇鼓吹　六經易且　諸子紀載　群言徑路

六經管轄 六經綱目

○諸子百家九經三傳五十三

[平]諸子百家 二典三謨 八索九丘 三易四詩 六藝群書

[仄]九經三傳 九經三史 三墳五典 二雅三頌 四象八卦

千章萬句 六韜三略 八書十志 千經萬論 三盤五誥

五禮六樂

對類卷之十五

對類卷之十六

數目門

一字 ○千萬第一

平 千十百為千 三二生三 單一也 孤單也 雙二也 多衆也 京十兆曰京

虛字 死

仄 垓十京曰垓 溝十壤曰溝

萬十千為萬 一數之始 二一生二 四二二如四 五中數五 六陰數六 八二四如八

九三三如九 十數之終 百十十為百 兆十億曰兆 億十萬曰億 秭十垓曰秭 壤十秭曰壤

七陽之正 澗十溝曰澗 正十澗曰正 載十正曰載 隻一也 獨孤也 兩二也

幾

○分寸第二

半虛

平 分十氂為分 毫十絲為毫 氂十毫為氂 尋六尺 常倍尋 升十合為升 鈞三十斤

斤十六兩 錙八兩為錙 銖十絫為銖 抄十撮為抄

仄 寸十分為寸 尺十寸為尺 丈十尺為丈 仞八尺為仞 咫八寸為咫 斗十升為斗 斛五斗為斛

石十斗為石 秒禾芒為秒 忽一蚕為忽 兩二十四銖 合十勺為合 勺十抄為勺 龠容千二百黍

二字 ○三千百萬第三

並虛 死

平 三千 繁多 尋常

上仄 二三 兩三 再三 五三 九三 六三 十千 兩雙

八千 百千 一千 二千 半千 幾千 數千 五千

幾多 衆多 庶幾 萬千 一雙

仄 百萬 百十 半百 什百 什一 什五 十萬 億萬

億兆 九萬 二八 萬億 萬一 八九 四十 五十

六十 五百 十二 百二 百五 二五 數四 四五

百六　九二　九四　九五　六二　六四　六五　五六
七八　四七　八一　再四　一百　八百　一二　四五
二四　七十　項刻
〔上平〕三四　三五　三兩　三百　三萬　千百　千萬　千億
千一　三六　三十　多少

○無雙第一第四　〔並虛〕死

〔平〕無雙　成雙　爲雙　成千　兼三　登三　函三　生三
維群　維多　無多　能群
〔上仄〕次三　至三　積千　取千　合三　約三　許多　極多
最多
〔仄〕第一　得一　有一　不一　不二　第五　合一　次五
得五　廢百　至再　累百　累萬　鉅萬　混一　畫一

執一　主一　貫一　襲六　儷六　用六　用九
〔上平〕凡百　成萬　無一　知二　無二　非一　惟一　生一
聞一

○千尋萬仞第五　〔上虛〕〔並虛〕死

〔平〕千尋　千重　千層　千行　千堆　千斤　千鈞　三分
〔上仄〕一畨　幾畨　數畨　一層　數層　百層　一重　幾重
數重　萬重　一般　幾般　百般　一行　幾行　數行
十行　十分　一分　數尋　幾尋　百尋　幾雙　一毫
百斤　百鈞　一星　萬分　兩行　四圍　半規
〔仄〕萬仞　數仞　百仞　一丈　十丈　百丈　萬丈　一點
兩點　幾點　數點　萬點　萬顆　一匝　一派　一段
一陣　一樣　幾曲　一曲　幾疊　萬疊　幾抹　一等

一畢一樣變由　一由變豐萬豊綵林一普
兩聚變點變點萬賴一画一分一段
萬乃數乃百　一丈千丈百丈萬丈一黑
百斤百鉤一星萬分兩行四圓半規一毫
十行十分一分數箏變箏百箏變覺一毫
數重萬重一般變般一行變行數行
一番變番數番一層數層百層一重變重
千晷千重千層千行千推千斤千鉤三分
。千晷萬四第五

閒一
凡百成萬無一知二無二非一推一主一
執一主一貫一贖六贏六用六用九
得五廢百至冊累百累萬錐萬很一畫一
第一得一有一不一不二第五合一次五
最多
三至三積千取千合三站三許多極多
次維多辭多綝多無多能辭
無變無成變為變成千兼三登三函三生三
。無變第一第四
千一三六三十多少
三四三五三兩三百三萬千百千萬千億
二四十十須刻
七八四十八一冊四一百八百一二四五
百六九二九四九五六二六四六五五六

兩隻 四畔 兩樣 兩片 四遠 幾匝 幾段 幾陣
數顆 數項 幾項 一項 二項 萬項 百里 五里
十里 萬里 一箇 兩箇 幾箇 一帶 一望 五斗
一斗 一石 萬斛

上平 千里 千頃 千仞 千丈 千樣 千點 千顆 三級
二疊 三尺 千片 千縷

疊字 。千千萬萬第六 並虛死

平 千千 三三 雙雙 多多 群群 單單

仄 萬萬 一一 兩兩 五五 六六 九九 八八 十十
隻隻

。行行點點第七 並虛死

平 行行 層層 重重 纍纍 紛紛 星星 絲絲 般般
番番

仄 點點 箇箇 對對 疊疊 片片 段段 縷縷 簇簇
陣陣

三字 。二生三萬及秭第八

平 二生三 十有三 再至三 一得三 萬取千

仄 萬及秭 三生萬 十得五 一知十 什稅二

。數萬兵九五福第九

平 數萬兵 十一征 十二章 二十篇 三百篇 三萬言
五千言 三百囷 三百廛 鉅萬錢 三百爻 十三家
兩三家 一五行

仄 九五福 百二勢 三八政 六七伐 九五位 十萬戶
九萬里 十二律 十三卦 十二事 三萬軸 五百兩

八百石 二千石 三萬鼉 五萬鼉 鉅萬貫 數十乘
百千壽 八千壽 千萬變 四七際

四字。朝四暮三天一地二第十

平 朝四暮三 人十己千

仄 天一地二 天三地四 君一民二 陽一陰二 人一己百

。咸五登三騈四儷六第十一

平 咸五登三 問一得三 舉一反三 拐一象三

仄 騈四儷六 勸百諷一 聞一知二 舉一廢百 逾七望八

對類卷之十六

對類卷之十七

干支門

一字 ○庚甲第一

平 庚 丁 辛 壬 寅 辰 申

仄 甲 乙 丙 戊 己 癸 子 丑 卯 巳 午 未 酉 戌 亥

二字 ○先庚後甲第二

平 先庚 同庚 添丁 成丁 零丁 良辰 昌辰 佳辰 逢辰 生辰 生申 憸壬

上仄 後庚 上丁 次丁 上辛 競辰 不辰 識丁 建寅 孔壬 有壬 受辛 湍丁

仄 後甲 納甲 遁甲 建子 建丑 建亥 典午

上平 先甲 同甲 將午 高甲 升甲 秉甲 前午 旁午 中午 差午 亭午 當午

○園丁保甲第三

平 園丁 畦丁 田丁 夫丁 家丁 人丁

上仄 保丁 壯丁 戶丁

仄 保甲 客子 士子 女子 舉子 牧子 社甲

上平 丘甲 兵甲 丘子 僧子 舟子 梢子 樵子 田子 廚子 童子 男子 夫子

時令 ○丁年甲夜第四

平　丁年　寅正夏　寅時　辰時　申時

上去　子正周　丑正商　亥正秦　丑時　子時　亥時　戌時　未時

仄　甲夜　乙夜　丙夜　子夜　午夜　戊社　戊臘　午刻

卯刻　子刻

上平　庚伏　辛臘　寅夜　丁夜

人物　○丁男甲士第五

平　丁男　丁夫　庚兄　壬人　丁驅

上去　甲夫　甲兵　子民　甲頭　子男　子孫

仄　甲士　甲卒　子女　子弟　子壻　子姪

上平　丁卒　丁壯　庚弟

器用　○申衙乙庫第六

平　申衙　辛盤

上去　子城　午橋　午窻　甲科　乙科　丙科

仄　乙庫　甲庫　甲第　甲剎　丙庫　甲帳　乙帳　甲舍

甲觀太子　子舍　甲戶　甲仗

上平　丁庫　丁帳

鳥獸　○寅雞亥豕第七

平　寅雞　晨雞　騂牛

上去　丙魚　子魚　午雞　亥魚　子鵝　子規

仄　亥豕　乙鳥燕　甲鳥鴨　甲馬　卯蛤

上平　寅獸

飲食　○辰炊卯酒第八

平　辰炊　辰香　辛盤

上去　午炊　乙書　卯盃　卯齋　午飧

〔仄〕卯酒 午酒 午夢 午枕 子漏 午漏 午頻 午飯
酉飯 酉點 子粒 丙椀
〔上平〕丁祭 丁祀

○申嚴子丁愛第九

〔平〕申嚴 申明 丁寧 寅恭 寅緣 辛勤 辰來
〔上仄〕丙融
〔仄〕子愛 甲折
〔上平〕申述 辛喈 寅協 寅敬 申敬 申禀 申覆

○三丁六甲第十

〔平〕三丁 三辰 三庚
〔上仄〕一丁 六丁 五丁 五辛 五辰 五申 二丁 兩辰
次丁 兩丁
〔仄〕六甲 六子 二子 五子 一巳 半午 一午 片午
五戊
〔上平〕重午 端午 孫子

〔三字〕○子午橋甲乙帳十一

〔平〕子午橋 甲乙科 子丑時
〔仄〕甲乙帳 子午谷 甲庚向

○李長庚商太甲十二

〔平〕李長庚 商武丁 王拱辰
〔仄〕商太甲 少正卯 吴道子

〔四字〕○辰出酉歸甲可乙否十三

〔平〕辰出酉歸 甲是乙非
〔仄〕甲可乙否

○太甲元年先庚三日十四

【平】太甲元年

【仄】先庚三日　先甲三日　後甲三日

對類卷之十七

